꿈을 이루신 천국 시민권자들

나의 부모님을 추모하며

다시 부르는 위대한 그 이름 앞에서

꿈을 이루신 천국 시민권자들

나의 부모님을 추모하며

김지수 지음

좋은땅

‖ 목차 ‖

1. 아버지의 시계와 달력

오후 인생 · 14

고장 난 세월 · 15

이별 선언 · 16

무심한 세상 I · 17

무심한 세상 II · 18

불멸의 꽃 · 20

봄날은 간다 · 21

저 구름은 · 22

눈물 · 23

이번 생은 짧았다 · 24

덧없는 우리 인생 · 25

언제나처럼 · 26

난, 알아요! · 27

무정의 세월 · 28

기다리는 마음 · 29

폭염 속 폭풍우 · 30

석양의 여운 · 31

비상 · 32

2. 사랑의 기억을 따라서

운동회 · 34

동전 한 닢 · 35

아빠의 삼계탕 · 36

어린 시절의 추억들 · 37

기다려지던 일요일! · 38

특별한 나만의 토요일! · 39

엄마의 향기 I · 40

엄마의 향기 II · 42

아버지의 리어카와 자전거 · 43

엄마의 향기 III · 44

나는 오늘도 엄마랑 아빠랑 여행 중 · 46

이다음에 엄마를 만나면 · 47

단발머리 · 48

옥수수 한 알 · 49

아버지의 향기 · 50

붕어빵 친구 · 52

사랑의 웃음 · 53

아직도 나는 · 54

엄마 아빠 등을 밀어 줄 때 · 55

엄마의 입맞춤 · 56

3. 보석 같은 인생

고귀한 희생 · 58

자화상 · 59

묵념하며 · 60

엄마는 만능 재주꾼 · 61

엄마, 힘내세요! · 62

사계절 중 여름 · 63

거름 · 64

그곳에서는 평안하세요? · 65

오늘도 · 66

사랑, 그것은 고난! · 67

엄마의 생신 · 68

엄마 · 70

별빛보다도 더 빛나는 나의 님이시여! · 71

아빠의 취미 생활 · 72

부모님 회혼식 · 73

큰 희생 · 74

아빠의 눈물 · 76

열정 · 77

4. 눈물의 바다를 항해하며

엄마가 없다는 것은 · 80

날마다 더 간절히 · 82

노크도 없이 · 84

피아노 · 85

일시적 장애 상태 · 86

단풍잎 · 87

메아리 · 88

함께 우는 바람 · 89

오늘도 오시려나! · 90

언젠가 · 91

천년만년의 세월이 흘러도 · 92

하루에 단 한 번이라도 · 93

부모님을 바라보며 · 94

종달새 · 96

예전에는 미처 몰랐었다 · 97

게으름뱅이가 되신 아빠! · 98

보물찾기 · 99

이별아 슬픔아 너와 함께! · 100

하늘에 계신 아버지와 직통 전화 · 101

5. 외침

나는 바보, 멍청이!　　　　　· 104

가족은 운명 공동체　　　　　· 106

우리 가족은 치료사　　　　　· 107

아버지 찬가　　　　　　　　· 108

감사하지 않나!　　　　　　· 110

엄마학교, 아빠학교　　　　　· 111

엄마, 뭐 하세요? 어디 계세요?　· 112

오매불망 손주 사랑　　　　　· 113

천국의 사람이여!　　　　　· 114

편견의 벽　　　　　　　　· 116

다시 일어서기!　　　　　　· 117

가난이라는 놈 물리치기　　　· 118

비웃음　　　　　　　　　· 119

장애를 디딤돌 삼아　　　　· 120

여성, 그리고 어머니의 힘　　· 122

6. 안녕, 내 사랑!

그리움 · 124

무서운 폭풍우 후 밝은 빛이 · 125

다시 부르는 그 이름 앞에서 I · 126

다시 부르는 그 이름 앞에서 II · 128

다시 부르는 그 이름 앞에서 III · 130

마지막 인사 I · 132

마지막 인사 II · 133

마지막 인사 III · 134

친구, 내 친구 · 135

아버지의 따뜻한 손길들 I · 136

아버지의 따뜻한 손길들 II · 138

부모님 전상서 · 140

내 사랑 엄마! · 142

아버지와 군고구마 · 143

1

아버지의 시계와 달력

오후 인생

벌거벗은 앙상한 나뭇가지가 바람에
힘없이 떨고 있다
아무런 소리조차 내지 못하는 힘겨움에 눌려져서
점점 더 안으로 구슬프게 울고 있다

잠시 나와서 내려다보는 햇살이
화들짝 놀라서 따뜻하게 안아 줘도
그치지 않는 울음소리에
지나가는 강아지는 영문도 모른 채 짖고 있다

오늘은 또 어느 쪽에서
바람이 불려나?

고장 난 세월

함께 가자던 저 세월이 뭐가 급해서
어느 새 혼자 가 버린다 고장이 났는지
눈꺼풀도 무거워져 늦게 스위치가 켜지고
손가락들도 게으르기는 마찬가지

팔 올리기도 작동이 원활치 않다
힘없는 다리는 한두 발자국 겨우 떼는
아기 걸음으로 종종거리니

고장 난 시계는 배터리를 새로
교체하면 되건만
앞서 먼저 가 버리는 세월을 탓할 기운도
없으니

울다가 지쳐서 고장 난 내 몸뚱어리를 탓하랴!
변심해 버린 무심한 세상 사람들을 탓하랴!

고장 나 버린 세월이여~

이별 선언

비바람에 떠밀려서 외로이
숨죽여 떠나가 버린 사랑!
도망자여~
붙잡을수록 더 멀리 사라져 간다

거센 폭풍우에 떠밀려서
억울하게 짓밟혀 버린 사랑!
배신자여~
매달릴수록 더 멀리 떠나가 버린다

이별은 가슴에 피멍으로 흔적을 남기고
봄바람에 날리는 꽃잎들도 한 잎 두 잎 점점
시들어져 멀어져 간다

그렇게 소리 없이 고요히, 하루하루의 순간들은
또
그림자 되어 먼저 사라지는 중이다

이별 선언을 하면서

무심한 세상 I

간절한 기다림에 지쳐서
힘이 빠지고 몸도 망가져 갔다

기쁜 소식 대신에
병까지 나게 했으니
피를 말리는 듯 째깍거리는
시계 소리도 더 이상 듣기 싫다

그다음은 또 어떤 순서가 기다리고 있는지
휙 하고 못 본 척 지나치는 못된 무심한 세상과
무정한 세월이 너무나 비정상으로 얄밉고 싫다

무심한 세상 II

사랑하는 나의 님이 계시지 않은 이 세상은
내게 온통 어두움뿐인데

마치 아무 일도 없었다는 듯이
하늘은 여전히 푸르고
어떤 일도 일어나지 않았다는 듯이
뭇 사람들은 태연하게 살아가며

마치 사랑하는 나의 님의 존재조차
아예 없었던 것처럼 어쩌면 무심한 세상은
저렇게들 뻔뻔하고 다들 비정상적일까!

사랑하는 나의 님이 계시지 않은 이 세상은
내게 온통 슬픔뿐인데

지나가는 차들은 속도를 더 빨리 내는 듯하고
하늘을 날으는 새들도 멀리 저 멀리로
평소보다 더 높이 날으는 듯

사람들은 마치 사랑하는 나의 님의 소식을
알고도 모르는 척 웃고들 지내는 것처럼

보이니

눈물의 세월을 보내고 있는 나와 함께
울지 않은 채 내가 안중에도 없는 건지

무심한 세상은
어쩌면 저렇게들 뻔뻔하고 다들 무례할까!

무심한 세상이여!

불멸의 꽃

남 몰래 재회의 날을 꿈꾸며 꺼지지 않는
짝사랑 연정을 따라 노을 진 석양을 무대로
바위틈에 갓 피어난
보라색 앉은뱅이 꽃 한 송이를
님의 생일날 바칩니다

하늘과 땅이 감동하도록 하나뿐인 생명을 바쳐
서약한 사랑을 따라 죽는 날까지
온몸과 마음을 바쳐 가슴 깊이 실천한다며
하얀 백합꽃 한 송이를
님의 생일날 또 바칩니다

오! 변치 않는 나만의 불멸의 꽃이시여!

봄날은 간다

거리엔

노란 개나리꽃, 분홍 벚꽃들이 만발하여
화려한 세상이라고 떠들썩한데
내 가슴은 빈틈없이 검붉은 피멍으로 범벅져서
고운 것도 화려한 것들도 보이지 않는다

과거에도 삶의 굽이굽이 마다에
이런 봄날의 세월들이 있었고 점점
요란한 소리가 퇴색되어
이제는 잠시 눈과 귀에 거슬리게 기억될 뿐

온갖 고운 것들도 잠시
봄날은 가고 있다

봄날은 간다

저 구름은

저 구름은 어디로 황급히 흘러가고 있나?
서둘러 앞만 바라보고 가고 있다
몹쓸 세월이 밀어내고 있는 걸까?

저 구름은 무엇을 위해 저렇게 사라져
가고 있나?
님 계신 좋은 곳을 향하여 나아가고 있다
세상이 싫어서 도망가는 걸까?

눈물

눈물은
마음의 보물 상자
아주 특별한 시간에만 예고도 없이
저절로 열린다

눈물은
마음의 신비한 샘
아무도 모를 때 더욱 깊은 곳에서 흐른다

눈물은
기도의 문을 여는 열쇠
흔들리지 않고 변함이 없을 때 갑자기 활짝
열린다

이번 생은 짧았다

빠른 광음 같은 세월 속
해야 할 일들이 많아서
꼭 보아야 할 것들을 미처 보지 못한 채
심란한 소동과 폭풍우가 겹쳐

이번 생은 짧았다

가족이 우선임을 늘 알고도
때론 알던 길도 한참을 뒤돌아서 그제야
뒤늦게 빛을 찾는다

이번 생은 짧았다

덧없는 우리 인생

하루아침에 낯선 거리가 되어 있었다
간밤에 어떤 마술사가 다녀갔었는지
내가 모르는 세상이 되어 있었다

온통 연분홍색으로 물들인 봄 거리의 밤은
고운 꽃잎들이 길바닥에 누워서 짓밟히기도
하고 더러는 날리는 바람에
눈앞에서 갑자기 사라지기도 하니

덧없는 우리네 인생과 다를 바가 무엇이랴!

언제나처럼

내 허락도 없이
나의 동의도 구하지 않은 채
더군다나 나의 조언이나 자문을
듣겠다고 말하지도 않고
언제나처럼!

혼자서 결정하고
후회하며 실망 속에 외로워하고
회오리치는 살얼음판 세상 속에서
흐느적거리다가 힘없이
거친 무정의 세월과 맞서 싸우다가
피 흘리며 쓸쓸히 떠났다

가시는 길 굽이굽이 걸음마다
외롭지 않도록 옛 친구가 되어
오래된 옛사랑 이야기도 도란도란 나누면서
나뭇잎도 밟고 때로는 함께 웃으며
새들의 노래도 들으면서 잠시 쉬다가
어둑해져서 소풍이 끝나면 다시 뵈오리다

언제나처럼!

난, 알아요!

님이 안 계신 세상에서
오늘도 새벽 동이 트고 다시 또 하루가
시작된다는 것은
시계와 달력이 알려 주지 않아도
사랑하는 나의 님 곁으로
하루하루 더 가까이 나아가는 길임을!

난, 알아요!

님이 안 계신 세상에서
오늘도 숨 쉬고 먹으며 행하는 일들이 얼마나
부질없고 부끄러운 일들도 많은지
번뇌하며 고생하는 일들이 알려 주지 않아도
사랑하는 나의 님 곁으로
하루하루 더 가까이 나아가고 있음을

난, 알아요!

이 세상 그 어떤 것과도 바꿀 수 없는
나의 전부인 사랑하는 그대 곁으로 더 가까이
오늘도 나아가고 있는 중임을 난, 알아요!

무정의 세월

아낌없는 마음과 조건 없는 사랑으로
바라보았건만
변심으로 돌아왔으니
잘못된 사랑이었나?

이해하는 마음과 사심 없는 위로로
돌보았건만
미움으로 돌아왔으니
잘못된 위로였었나?

순수한 마음과 겸손한 내려놓음으로
용서를 해 주었건만
교만으로 돌아왔으니
잘못된 내려놓음이었나?

이기적인 각양각색의 무지개 색깔은
오늘도 울타리 속에서 겉돌고 있다

기다리는 마음

추수할 것이 많아 한창 바쁜 시기에
엄마 생신이 다가온다

얼마나 바쁘시면 나한테 연락도 못 하실까?
뭐 하느라 나는 먼저 연락을 못 했을까?

여전히 나를 애타게 기다리는 마음으로

몸살이 심하게 나도 눕지도 못하셨을 거다
밤에는 잠도 주무시지 못하셨을 거다

엄마 생신에 그저 눈물만 흘린다
나를 기다리는 그 마음을 알기에

폭염 속 폭풍우

폭염이 연일 이어지더니
산불과 폭풍우를 만들어 극심한 피해를
발생시킨 것처럼

온몸과 마음, 정성 및 자신을 불태워서
모든 것을 바치고 열정적인 삶을 산 것이

무심한 못된 세상과 세월이 많은 피해를
발생시켰으니 원상 복구와 피해 보상이
절실하다

석양의 여운

눈을 맞추며 함께 걷는 삶 앞에
야속한 석양의 시간은 이별을 함께
예고하고 못다 한 남은 말들은 누구를
통하여 알리나

변치 말자던 다정한 님과 함께 손잡는 날들이
영원치 않다는 것을 잊고 살기에 불확실한
내일의 시간은
오늘에 그냥 묻어 버린다

다가오는 석양의 여운에 맡긴 채

비상

지독한 가난 속 가장의 무게를 지고
일상의 삶이 이어지던 날
오갈 곳 없고 굶주린 더 가난한 힘없는
자들을 품고서
하늘의 사랑의 메시지를 알리고
희망의 불씨를 전하며
하늘로의 비상을 꿈꾸던 시간

그러다
귀향의 간절한 바람 속
거센 폭풍우 속 고향을 잃고 떠내려가는
난민 신세처럼 허덕이다가
파도를 잠잠케 하여 잠시 쉼을 얻으며
더 큰 비상을 향하여 나아가니

지나간 슬픔과 아픔들을 디딤돌 삼아서
깊은 그리움 속 더 큰 날갯짓의 비상을 한다

2

—

사랑의 기억을 따라서

운동회

하늘이 엄청 높아 보이는 가을 운동회 날

넓은 운동장 중앙에 서서 작은 쪽지
씌어진 글을 따라 수많은 학부모들
사이에서 나의 아빠를 찾아낸다

아빠의 손을 잡고 아빠의 빠른 걸음에 이끌리어
결승점에 1등으로 도착하니

노트 한 권의 상품이 내 손에 쥐어지고
아빠의 한 걸음 한 걸음은 나를 세워 주시기
위한 최고의 사랑을 재확인시켜 주는 과정들

그 운동장에 다시 서서
아빠의 모습을 찾는다

동전 한 닢

자상한 성품의 교육자이신 아버지께서는
자주 여러 교육 학자들의 사상들과 철학들을
어린 내게 전수해 주시곤 집중하는 내 모습에
칭찬과 함께 보상으로 주셨던 동전 한 닢!

가득 채워진 사랑의 돼지 저금통을 은행에
맡기면 내 마음도 돼지 저금통처럼
통통해져 가고 아버지의 생각을 닮아만 간다

동전 한 닢의 크신 사랑!

아빠의 삼계탕

질풍노도의 사춘기 시절, 고등학교 2학년
내 삶의 비밀 상자가 열리던 날
강물 따라 바람 따라 세월 따라
나를 던지기로 하며
운명을 바꾸려고 했던 날들

울지 마! 네 잘못이 아니야!
아빠가 있잖아! 아빠는 영원히 네 편이란다!

아빠의 울음 앞에
나의 생명은 다시 건져지고
아빠가 사 주신 삼계탕에
진한 사랑과 감동을 가지고 눈물 콧물
비빔 범벅으로 다시 회복하던 날들

사랑한다! 내 딸! 하고 외치시던
아빠의 삼계탕은 늘 눈물이고 감동이다
세월이 흐를수록

지금도

어린 시절의 추억들

하루에도 수없이 벽시계를 바라보며
정한 규율과 시간에 맞는
하루 일과를 보내느라
엄격함과 반듯함이 몸에 배어
오로지 앞만 바라보며
최고의 삶의 시간을 만들어 내게 하신
나의 부모님!

먼저 오셔서 몸소 보여 주시고 열어 주시느라
얼마나 밤낮없이 수고가 많았으며 힘드셨을까!

어린 시절의 추억들이 가득한 곳 구석구석마다
보물 상자가 되어 더 귀한 것들이 가득
담겨 있다

기다려지던 일요일!

주일이 다가오면 어김없이
몸과 마음을 깨끗이 하고
엄마 아빠가 주신 깨끗한 지폐를
헌금함에 넣으려고
늘 기다려지던 일요일들!

그때 그 지폐 한 장 한 장들의 손길이
지금은 어떻게 어떤 열매로 자라서
아름다운 모습일지
지금도 받고 싶은 그때 그 시절의
깨끗한 지폐 한 장!

지금은 눈물 없이는 마주할 수 없는
눈물의 일요일

특별한 나만의 토요일!

장시간 쭈그리고 앉으셔서 장작을 때시고
굴뚝 위 연기를 모락모락 피워 내시며
흘러내리는 땀방울의 양만큼 늘어난
아버지만의 행복한 미소로
엄마와 나를 가장 특별한 시간으로 인도하신 날

그것은 바로바로 우리 가족의 목욕하는 날!

아버지의 정성스러운 사랑의 수고로
혜택을 누리는 엄마와 나는
그동안의 피로들을 따뜻한 목욕물 안에서 풀고
서로를 바라보고 깔깔깔 웃어 가며
가끔씩은 물장난도 친다

가족 간 서로의 고생과 기쁨이 교차되는

특별한 나만의 그리운 토요일!

엄마의 향기 I

엄마의 반짝이는 눈동자에는 내 얼굴이
담겨 있고
엄마의 목소리에는 나를 위한 노래가
담겨 있으며

엄마가 바르시던 화장품 분 냄새들은 온통
집 안을 보얗게 향기롭게 만들었고
엄마가 늘 수없이 보시던 거울 속엔
또 다른 내가 있었을 것이다

나 어릴 적,
엄마가 아플 땐 작은 고사리 나의 손으로
내 손이 약손이니 빨리 나으라고 하며
엄마의 큰 몸에 대고 울었었고

간혹 아빠랑 다투시어 외로울 땐 엄마의 등을
도닥이며 위로해 주었으며
엄마가 미장원에서 뽀글뽀글 파마를 하실 때는
옆에서 지켜 주며 말동무가 되어 주었다

엄마가 아파서 입원할 때마다 엄마 곁을

지키고 울면서 기도하며 보호하였고
나의 온갖 수다에도 깔깔깔 웃어 주시던
엄마의 모습에 나도 함께 웃었으며

수줍음이 많아 말이 너무나 없었던 나를 위해
좋은 벗이 되라고 피아노를 알게 해 주시고
고된 연습 시간들마다 엄한 선생님이 되어
주셔서 풍파 많은 세상에서 이겨 낼 힘도
알게 해 주셨으니

헬렌 켈러에게 설리번 스승이 있었듯이
나에겐 나의 엄마가 최고로 특별하고
최고의 훌륭한 스승이다

엄마의 향기 Ⅱ

어릴 적, 나의 생일 때마다
나의 친구들을 초대하여 수줍음 많은 나를 위해
나의 좋은 친구가 되어 달라고
고우신 목소리로 신신당부를
하시던 엄마!

최고로 예쁜 옷들과 예쁜 장난감들로 나의
친구들의 부러움을 사게 하셨고
나를 위해 온갖 피눈물 나는 인내로 고초를
당하시고 평생 동안 고생만 하셨던 엄마!

백만 번 천만 번이고 엄마의 이름을 부르고
또 부르며 만나고 싶은 그리운 엄마!

밤낮없이 목이 터져라 울부짖는 날들

잘못했습니다
못난 저를 용서해 주세요

아버지의 리어카와 자전거

아버지께서 직접 운전하시던 전용 차량은
바로 바로 오래된 낡은 "리어카와 자전거"

비록 승객은 단출하여
주 고객 손님은 어머니였었지만
탑승과 함께 운전자의 기분에 따라서
속력은 고객 대 만족으로 이어졌기에
농촌 동네의 논과 밭을 가르며
따스한 햇살과 공기를 맘껏 마시고
대신 풍성한 대가도 지불하셨다

오랜 세월 수없이 그곳 논과 밭을 리어카와
자전거로 지나며 아버지의 휘파람과 어머니의
콧노래는 주 양념 재료로 더하여져서
올해도 우리 동네 부추 농사와 파 농사는
풍년이리라

아버지의 소중한 낡은 리어카와 자전거!

엄마의 향기 Ⅲ

두 손자들이 생기자 누구보다도 가장 기뻐
하시고 자랑 많이 하시던 엄마!

두 손자들을 위하여 더 깊이 사랑하시며
이 세상에 있는 동요들을 예쁜 목소리로
들려주시고 가장 큰 꿈을 꾸도록 늘 기도로
독려하시며 멋진 옷들과 장난감들을 고를 때
미소 가득 안고 가장 행복해하셨던 엄마!

1년에 한 번씩 우리를 만나러 불편한 몸으로
비행기를 타시고 우리 집까지 찾아오시며
피곤치 않다고 말씀하셨던 사랑이 넘쳐 나셨던
엄마!

언제나 변함없는 한결같은 가족 사랑을
실천해 주셨던 아름다우신 엄마!

삶의 힘든 일을 만날 때마다 엄마의 마음을
불편하게 하여 눈물만 짓게 하고 자립을
선포하며 사느라 엄마의 가슴에 한을 남긴 못난
나를 끝까지 옆에서 바라보시고 사랑으로 나를

기다리신 엄마!

희망의 불씨를 주시고 내 편이 되어 주셔서
모든 것을 내어 주신 나의 엄마!

엄마의 향기가 온 세상을 향해 잔잔히
퍼져 갑니다

엄마의 냄새가 너무나 좋습니다

나는 오늘도 엄마랑 아빠랑 여행 중

미소 가득한 햇님 비행기 타고
환한 달님 시소도 타며
반짝 반짝 별님 그네도 탄다

나는 오늘도 꿈속에서 엄마랑 아빠랑 여행 중!

이다음에 엄마를 만나면

이다음에 엄마를 만나면
뼛속 깊이까지 피범벅이 되어 있을
엄마를 부둥켜안고 울 거다
그동안 가슴에 묻어 두고 수줍어서 못한 말들!

엄마 사랑해요!
엄마 죄송해요!

이다음에 엄마를 만나면
내 엄마가 되어 주시느라 고생 많이 하셨다고
업어 줄 거다

세월이 거꾸로 흘러서
다시 새롭게 시작한다면

단발머리

빛바랜 나의 어릴 적 사진들 속
엄마가 직접 잘라 주신 나의 단발머리 스타일
엄마의 예쁜 솜씨에 입맞춤을 해 본다

엄마가 사무치게 그리울수록
엄마의 손길을 따라서
내 머리 스타일은 단발머리 사진 속 안으로
점점 더 닮아 간다

옥수수 한 알

옥수수 하나를 손에 잡으니 엄마 얼굴이
먼저 떠오른다
엄마가 그토록 좋아하시던 알알이 박힌 구수한
옥수수!

눈물이 먼저 마중을 나가니 옥수수 한 알이
목에 걸려 넘어가지 않는다

옥수수 한 알조차도 이제는 눈물 없이는

아버지의 향기

어린 나를 등에 업고
다리가 불편한 엄마를 대신하여
부엌에서 음식을 만들어 아름다운 동산의
가정을 만드신 사랑이 많으신 아버지!

학창 시절, 일 초가 다급한 나를 대신하여
교복을 다려 주시고 자전거로 등·하교를
시켜 주셨던 다정하시던 아버지!

중매로 만난 한 남자와 결혼식을 하며
새로운 앞날을 개척할 때는 참았던 눈물을
흘리시며 잘 살길 간절히 바라시던
딸밖에 모르시던 내 편이신 아버지!

삶의 굴곡이 넘쳐서 말문이 막히고 몸이
아플 때마다 다정한 음성으로 따뜻하게
격려해 주시며 사랑으로 용기를 주시던 아버지!

단 한 번도 좋은 것을 누려 보시지도 못하고서
오로지 아름다운 동산인 우리 가정을 위하여
고생과 수고만 하시고 아낌없는 헌신으로

가족을 챙기신 이 세상에 단 한 분이신
존경하는 나의 아버지!

그 아버지께서 나의 아버지이심을 자랑합니다

그 아버지의 향기가 오늘도 너무나 그립습니다

붕어빵 친구

엄마와 아빠는 서로 서로 너무나 닮은
붕어빵 친구

엄마가 이것 좋아해 하고 말하면
아빠도 나도 이것 좋아해~

엄마가 이것 할래 하고 말하면
아빠도 나도 이것 할래!

엄마가 저기 가자고 말하면
아빠도 좋아 같이 가 보자!

엄마가 요렇게 해 줘 하면
아빠는 척척 해 내셨으니

엄마가 아플 땐 아빠가 눈물 짓고
아빠가 아플 땐 엄마가 한숨 쉰다

엄마와 아빠는 서로를
너무나 사랑하는 붕어빵 친구!

사랑의 웃음

방긋방긋 웃어 주는 아기에게 눈을 맞추며
노부부가 덩실덩실 춤을 춘다

까르르 소리 내어 웃어 주는 아기에게
노부부의 두 눈에서 함박꽃이 피어난다

아기는 노부부에게 무슨 사랑의 말을 했을까?

아직도 나는

아직도 나는
어린아이라서
엄마, 아빠 품에 안겨서
어리광만 부리고 싶은데

아직도 나는
철부지라서
엄마, 아빠한테 떼도 쓰며
고집을 부리고 싶은데

아직도 나는
아무리 씩씩한 척하고 외롭지 않은 척해도
엄마, 아빠가 너무나 보고 싶어서
날마다 가슴이 더 아프고 그립기만 한데

엄마, 아빠를 닮은 나는
아직도 엄마, 아빠의 품속에 있다

엄마 아빠 등을 밀어 줄 때

엄마 등을 밀어 줄 땐
엄마 얼굴에 행복 가득한 미소 안고
또 한번 더 외치시고

아빠 등을 닦어 줄 땐
아빠의 식욕이 살아나서
웃음꽃 피우시니

엄마 아빠 얼굴에 행복 꽃 피우는 건
마르지 않고 솟아난 가족 사랑!

엄마의 입맞춤

부스스 겨우 뜬 눈을 비비고
엄마를 찾으며
엄마와의 입맞춤을 하루의 시작으로
기분이 좋아진 나는

이 세상에서 가장 행복한 사람!

엄마의 자장가 음성을 들으며
깜빡 잠이 들 때면
살며시 솜사탕 이불처럼 따뜻하게
덮어 주던 엄마의 입맞춤

엄마가 있는 세상은 아름답고 멋진 세상!
아~ 나는 행복한 사람!

3

—

보석 같은 인생

고귀한 희생

밤새 잠 못 이루도록 울며 보채는
그 아기를 위해
지구상의 단 한 사람이 되어
엄마는 기꺼이 사랑과 희생의 꽃이 되셨다

바라보는 것만으로도 가슴 조이며 두 눈을
마주칠 수 없을 때에도
그 아기를 위해
지구상의 단 한 사람이 되어
엄마는 자원하여 눈물과 헌신의 꽃이 되셨다

상처가 차곡차곡 쌓여 아프다고 울부짖고
그 울음이 그치지 않을 때에도
그 아기를 위해
지구상의 단 한 사람이 되어
엄마는 변함없이 비바람과 맞서 싸우며
수고와 인내의 꽃이 되셨다

그렇게 엄마와 아기는 닮아서 지구상에서
고귀한 희생의 삶의 꽃을 마침내 피웠다

자화상

어제처럼 오늘도 우리 서로 손잡고
서로의 흐르는 눈물을 닦아 주며
사랑과 위로의 말만 하자

거울 속 너는 소중한 존재니까!

어제처럼 오늘도 우리 서로 손잡고
서로의 기쁨들을 웃으면서 함께 나누며
행복하고 따스한 축복의 말만 하자

거울 속 너는 축복의 사람이니까!

어제처럼 오늘도 우리 서로 손잡고
서로의 변치 않는 우정을 확인하며
소망의 꽃을 피우며 살아가 보자

거울 속 너는 바로 바로 나 자신이니까!

묵념하며

고요히 잠시 지나가는 인생길 여정의
허허벌판에 혼자 누워
옆자리 친구 이름조차 기억나지 않을 때

그때 나는 무슨 생각을 하여야 하나!

거친 파도가 성큼 다가와서 두려움에
허우적대며 숨을 쉬는 것조차 버거운 때

그때 나는 무슨 생각을 하여야 하나!

지구상에 외로이 혼자 낯선 곳에
덩그러니 남아 어리둥절할 때
아무도 나의 생명을 살릴 수 없는 쓸쓸한 때

그때 나는 무슨 생각을 하여야 하나!

잠시 지나가는 외로운 우리의 인생길을

깊은 깨달음을 묵념하며

엄마는 만능 재주꾼

"꼬부랑 할머니가 꼬부랑 지팡이를 짚고
꼬부랑 고갯길을 꼬부랑하면서 넘어 가네."

몸을 낮추어 아이들의 호기심을 유도하던
센스쟁이 엄마!

"우리 동네 인철이는 의사래요.
동네에서 유명한 의사래요.
언덕 위에서 풀 뜯어 절구에 빻아
가루약 만들어 아픈 곳에 대고 약 한 봉지
싸 주면 그만이래요~"

유쾌하고 밝은 목소리로 환하게 집안 분위기를
만드시던 재주꾼 예쁜 엄마!

모든 한계를 뛰어넘고 온갖 사랑의 수고들로
바라보시며 기대하고 기도하며 삶의 위대한
역사를 만드신

엄마는 만능 재주꾼!

엄마, 힘내세요!

떨어진 엄마의 입맛을 다시 끌어올리려고
오늘도 전전긍긍
이쪽 시장들과 저쪽 마트들을 기웃거린다

한 숟가락이라도 맛있게 드실
엄마의 모습을 상상하며
양손에 가득 든 재료들을 들고서
종종 걸음으로 집으로 향하는 길에는
언제나 나도 모르는 새 힘이 솟아나서
콧노래가 저절로 나의 발걸음을 재촉한다

오늘도 맛있는 보약 상을 올려 드립니다
엄마, 힘내세요!

사계절 중 여름

역사적 사명을 가지시고 이 땅에 태어나신
특별하고 소중한 나의 엄마와 아빠!

소녀 같은 엄마의 열정적 삶의 흔적들은
뜨거운 여름 그리고
멋진 신사 아빠의 피눈물 나는 흔적들과 삶의
역사들은 일 년 내내 평생 연중무휴

거름

울다가 쓰러져 있는 지금,
'거름'을 자청하여
평생의 삶으로 보여 주신
아버지의 모습이 떠올라서 정신을 차린다

'아버지'라는 이름의
위대함과 거룩함에 납작 엎드리어
'거름'이 되신
과거, 현재, 미래의 다리들을 두드린다

'거름'으로 이어진 나의 존재를
재확인하면서

그곳에서는 평안하세요?

무거운 삶의 지게에 억눌려
한숨과 절망감으로 좌절할 때
사랑의 마법사가 되어
기적의 앞날을 열어 주신 그리운 님이시여!

그곳에서는 평안하세요?

참으로 황망하고 답답한 상황들로 어깨조차
펴지 못하고 눈물만 흘리고 웃어 드리지도
못할 때 조건 없는 사랑으로
무한한 가능성을 열어 주신 놀라우신
님이시여!

그곳에서는 평안하세요?

비바람이 모질고 풍파가 심하여 인내로
겸손히 순종하며 높으신 뜻 받들 때
눈부신 미소로 모든 것을 주신 단 한 분이신
보고 싶은 님이시여!

이사 간 그곳에서는 평안하세요?

오늘도

귀에 익숙한 달콤한 음악과 멘트들
과거로부터 현재로 이어진 시간들과 함께
오늘도 쓸쓸하게
목적지를 향하여 한 걸음씩 나의 길을 갑니다

여전히 썰렁한 거리와 차가운 공기
낯선 사람들의 잿빛 하늘과 함께
오늘도 외롭게
목적지를 향하여 한 걸음씩 나의 길을 갑니다

사랑, 그것은 고난!

사랑할 때 그 순간 이미
고난의 시작으로 우리는 이별을 맞이했습니다

가슴이 갑자기 설레이고
심장이 비정상적으로 콩당콩당 뛸 때

사랑은 배신을 준비하니까요

사랑을 받을 때 그 순간 이미
우리는 이별 통지서를 받았음을 알고 있습니다

가슴이 아프고 눈물이 마를 날이
없습니다

사랑!
그것은 고난이었습니다

엄마의 생신

나의 소중한 사랑을 꾹꾹 눌러 정성스럽게
담아서 부끄럽고 수줍은 많은 어린아이처럼
비밀스럽게 엄마의 생신날을 맞이합니다

엄마의 생신은 곧 나의 존재를 재확인하는 날!

엄마가 되실 자격증을 미리 부여받은 날!

이 땅에서 멋진 여성의 삶을 시작하라는
명령을 받은 날!

최고의 엄마로 나에게 와 주시고
저를 선택해 주신 것을 감사드립니다

나를 진심으로 사랑해 주시고 눈물로
축복 기도를 해 주셔서 여인들 중에서
최고이시고 눈이 부시도록 빛나십니다

천국에서 나를 위해 엄마 천사를 이 땅에
안전하게 배달을 해 주신 것도 감사드립니다

섬세하고 부드러운 자태를 유지하면서
유쾌한 카리스마를 뿜어내신 엄마!

직관력과 통찰력을 가지고 아름다운 향기를
날리며 사명 완수의 꿈을 이루셨던 엄마!

엄마를 섬기며 본받고자 두렵고 떨리는
마음으로 다가오는 다음 세대들 앞에 서
있습니다

엄마의 생신날을 맞이하며
엄마의 2세로 또 다른 모습의 엄마로서

사랑하는 엄마의 생신과 엄마의 존재를
이 세상에 또 알립니다

엄마의 생신을 진심으로 축하해 주세요!

엄마
그 사랑

삶의 아픔들 속에서도 더 큰 아픔을 품으시고
삶의 온갖 슬픔들 속에서도 더 큰 슬픔들을
끌어안으시며 온갖 상처투성이인 그 속에서도
모든 것을 내어 주신 엄마! 그 고귀한 사랑

마침내
비바람을 거쳐서 겨자씨만 한 싹이 돋아서
아름다운 꽃을 피우고 희망의 꽃씨를 날리어
큰 그늘을 만드는 나무가 되셨다

엄마! 그 고귀한 사랑

별빛보다도 더 빛나는 나의 님이시여!

별빛보다도 더 빛나는 나의 님께 사랑한다고
하면서도 그 표현을 전하는 배달 미숙으로
철부지는 지금에야 가슴을 치며 후회하고
눈물만 흘립니다

이 세상에서 최고로 최상의 사랑을 가지신
나의 님께 존경한다는 표현을 미처 잘하지
못하여 온갖 모욕과 채찍을 맞게 하고
조롱 섞인 비웃음도 듣게 하였으니 철부지는
지금에야 애통하며 뉘우치고 속죄를 구합니다

이 세상에서 제일 귀하신 두 분의 크심을
크게 높이며 자랑합니다

국가를 위하여 사회를 위하여 가정을 위하여

근검 절약과 솔선수범의 사랑으로 이루어 내신
두 분의 평생 업적들과 발자취들을 더 뜨겁게
사모하며 빛내기를 바라봅니다

사랑합니다 감사합니다 존경합니다

아빠의 취미 생활

늘 빈틈없이 정확한 시간에 기상하셔서
변함없는 차림새와 자세로
우리 가족을 위해 노심초사
살피시며 축복기도 해 오신

가장으로서
아빠로서
그리고
할아버지로서의 역할과 책임을 다하신

나의 아빠의 취미 생활은 온통 가족 사랑뿐!
사랑꾼 나의 아빠!

부모님 회혼식

물 따라 바람 따라 강 따라
세상인심이 수없이 변하고 강산도 수차례
변하여도 하늘이 맺어 준 인연을 목숨처럼
섬기며 새로운 시작의 문을 다시 여는 날
60번째 맞이하는 부모님의 결혼기념일에

곱디고운 화사한 엄마 천사의 하얀 드레스와
엄마의 멋진 신랑이신 아빠는 영국 신사처럼
마치 하늘에서 방금 내려오신 모습 그대로여서
보석처럼 더욱 반짝반짝 빛나고 있고 온갖
설움을 이겨 내신 천국 시민답게
앞날에도 변함없는 사랑과 존경만 받으시길!

60년을 이 세상에서 둘도 없는 최고 좋은
친구가 되어 함께 한곳을 바라보시며 울고
웃으시느라 말할 수 없는 숱한 고생과 수고가
많으셨습니다

자랑스러운 두 분을 사랑합니다 존경합니다

큰 희생

두루마리 휴지 한 칸도 여러 번 재활용
물 한 방울도 아까워서 빨래 거리도 줄이셨던
한평생 근검절약이 몸에 배인 나의 아버지!

갈 곳 없는 배고픈 이들을 위해서는
똥 지게를 직접 짊어지시고 손수 수확한
먹거리들을 먹이시느라
잠시의 쉼도 사치로 여기시고 평생 동안
부지런하게 남다른 고생만 하신 자랑스러운
나의 훌륭한 아버지!

십자가의 고통들을 불평 없이 겸손히 받드신
최고의 스승이신 나의 아버지!

한없이 작고 낮은 죄인들을 업고 광야의 삶을
뛰시느라 큰 희생자가 되어 누림과 대접의
삶을 멀리하여 미천한 내가 죽을 때까지
섬기며 흉내 내는 것조차도 한참이나 모자라는
나는

평생을 끝없이 큰 희생만 하신 이 세상에

단 한 분이신
나의 아버지의 크신 사랑과 희생 앞에

오늘도 눈물로 엎드립니다

이 세상에서 가장 귀하고 크신 아버지이심을!

아빠의 눈물

너와 함께한다며 온몸으로 소리 내어 우시던
아빠!

요식 행위로 예우는커녕 이상한
취급까지 당하고

그림자 같은 세월이 늘어나 주름이
깊어져서

주르륵주르륵 흐르는 눈물을 닦을 힘조차
없어진 상태로 어린 나를 한없이 바라만
보시던 아빠!

아빠의 눈물 속엔 양심 없는 세상과
사람들을 꾸짖고 회환이 담긴 지나간 과거의
시간들이 파노라마처럼 펼쳐져 있다

모든 것을 알고 계시는 진심 어린
아빠의 눈물!

열정

구멍 난 양말 한 켤레를 신고
한숨도 덤으로 읊조리며
빼곡히 솟아난 콩나물을 펼쳐 놓고
콩나물 대가리를 다듬는다

구멍 난 세상 인심
돋보기로 안 보아도 보이거늘
열정도 관심도 없는 것이 문제다

4

—

눈물의 바다를 항해하며

엄마가 없다는 것은

전쟁터와 같은 세상에서
젖가슴을 찾는 아기에게
이 세상에 엄마가 없다는 것은

반항하고 분노하며 집에서 멀어진
사춘기 때에도
이 세상에서 짜증을 낼 엄마가 없다는 것은

좌충우돌하며 장래에 대한 비전도 희미하여
좌절하는 청년의 때에도
이 세상에 엄마가 없다는 것은

험한 세상에서 짓밟혀서 고통 속에 허우적대며
낙심할 때에
이 세상에 엄마가 없다는 것은

백발이 되고 허리가 구부러지며
다리에 걸을 힘조차 빠지고 없을 때
이 세상에 엄마가 없다는 것은

엄마! 하고 부르기만 해도 내 편이 있어서
늘 새 힘이 생기고 안심이 된다

언제나 엄마가 절실히 필요하다

날마다 더 간절히

나에게 돌아와 달라고 애타게
목 놓아 부르며 오늘도 다시

온통 어두움뿐인 낯선 공기 속에서
길을 나선다

사랑하는 그리운 님을 찾으러 눈물을 닦으며

날마다 더 간절히!

다시 한 번만
딱 한 번만 더

나에게 다시 돌아와 달라고 온몸을 떨며
통곡을 하고 재회의 꿈을 가지며

오늘도 다시
쓸쓸한 공간에서 이방인이 되어
길을 걷는다

다시 만날 보고 싶은 님을 그리며
몸을 단장하며

날마다 더 간절히!

노크도 없이

새벽 동이 틀 때면
언제나처럼 노크도 없이 살며시
아버지 방문을 열어 본다

그 자리에 변함없이 계시던 아버지!

아버지~ 하고 부르면
와~ 하고 대답하시며
언제나처럼 환한 미소로 맞아 주실 것만
같아서

평소와 같이
오늘도 노크도 없이
아버지 방문을 여러 번 열어 본다

보고 싶은
사랑하는 나의 아버지!
하루 종일 텅 빈 방만 쳐다봅니다

피아노

건반 위에 손을 올리기만 해도
저절로 익숙하게 듀엣으로 멜로디를 울려 대던
피아노가 갑자기 나의 열 손가락들이 모두
고장이 난 것처럼 이제는 올 스톱

슬픈 적막함 속에서
화음조차 만들지 못하고 울고 있는
나의 오래된 친구

피아노 앞에서 나는 또 다시 하염없이
눈물의 이중창을 함께 부른다

일시적 장애 상태

아무것도 들리지 않는다
그 누구의 말도 들리지 않는다
캄캄한 어두운 밤이 무섭고
내가 듣고 싶은 것을 더듬으며
사랑한다는 나의 님의 목소리만 되뇐다

아무것도 보이지 않는다
그 어떤 이의 모습도 보고 싶지 않다
환한 대낮이라도 아무것도 보이는 게 없다

찾을 수 없는 사랑하는 나의 님의 모습만
애타게 또다시 붙잡을 뿐!

단풍잎

길 가다가 주운
초록색 단풍잎
엄마 얼굴 닮아서 내 재킷 주머니에
쏘옥 넣고 함께 걷는다

저절로 힘이 난다
내 옆에 있는 것처럼

길 가다가 주운
노란색 단풍잎
아빠 모습 똑 닮아서 내 손바닥에
살짝 잡고 함께 걷는다

저절로 든든해진다
내 옆에 있는 것처럼

메아리

죽도록 사랑하던 님과 마지못해 이별하던 날
검은 숯 덩어리 가슴에 하나 얹고 보고 싶어
머리 위 하늘에 닿도록 사무치게 그리운
사랑 노래 구슬프게 부르던 날,

쏟아질 듯한 별들 사이에서 님의 음성이
메아리 되어 들린다
여전히 변함없이 똑같은 미소로 환하게
웃으면서 나만 바라보시며 나를 사랑한다는
그 메아리

눈물 없이는 마주할 수 없는 쌍쌍 메아리!
내 마음과 똑같은 메아리!

최고의 메아리!

함께 우는 바람

창문을 열고
나의 울음을 날려 보낸다

바람들과 함께
닿지 않는 곳들이 없도록

함께 울어 주는 맑은 공기가
대신 그 자리를 메운다

그제야 안도의 숨을 쉬고
나의 자리로 다시 돌아온다

오늘은 오시려나!

오늘은 오시려나!

잠시 우연히라도 오실 것을
두렵고 떨리는 심장을 부여잡고
짝사랑하듯이 매일 두 손을 꼭 모아 본다

다정한 그 눈빛 그립고
따뜻한 그 목소리 또 듣고 싶어서

오늘은 오시려나!

잠시 작정하시고 오실 것을
긴장되어 설레는 마음을 쓰다듬고
짝사랑하듯이 매일 두 손의 땀을 닦아 낸다

나를 위해 흘리시던 그 눈물로 오실 것을
따스한 사랑 보따리 한 아름 들고서
매일 매일 기다린다

오늘은 오시려나!

언젠가

언젠가
엄마가 내 이름을 부르시면
빨리 대답해야지!

언젠가
아빠가 나를 찾으시면
빨리 달려가야지!

그 사랑의 끈을 따라서
다시 만날 날을 기대하면서

천년만년의 세월이 흘러도

펑펑 쏟는 눈물의 깊은 사랑 없이는 함께 울고
함께 웃어 주는 따뜻한 가정을 만들 수도 없고
고귀한 추억과 삶을 만들 수도 없어서
목숨과 같은 소중한 가족을 죽고 싶을 정도로
그리워만 합니다

대낮의 따뜻한 햇살과 별빛들의 다독거리는
친절한 위로에도 눈물로 만난 가족 간의
이별의 슬픔은 그칠 수가 없어서 말문도
막히고 일상의 모든 것이 정지된 상태로
미치도록 보고 싶어서 가신 님의 그 발자취
길을 또 더듬으며 생생히 기억합니다

하루 이틀 한 달 두 달 열두 달
천 일의 시간이 지나고
천년만년의 세월이 흐른다 해도

눈물로 만들어 낸 아름다운
우리 가족의 사랑은 영원할 것입니다

하루에 단 한 번이라도

하루에 단 한 번이라도
사랑한다고 큰 소리로 외칠걸

하루에 단 한 번이라도
꼬옥 안아 주며 가슴 깊이 감사하다고 외칠걸

하루에 단 한 번이라도
머리 숙여 진심으로 죄송하다고 외칠걸

하루에 단 한 번이라도
앞으로 더 잘하겠다고 안심시키며 외칠걸

하루에 단 한 번이라도
아주 크게 활짝 웃어 주며 기쁨을 줄걸

늦었지만 지금부터라도
하루에 딱 한 번이라도

부모님을 바라보며

엄마한테 가는 날은 아버지께서는
꽃단장을 하신다

평생 동안 멋지시고 단정하신 그 모습으로
아버지를 뒷좌석에 앉히고는 나도 모르게
힐끗힐끗 자주 아버지의 표정을 살피게 된다

운전대를 잡는 순간부터
내 마음은 이미 눈물 바다인데

홀로 남아서 엄마와의 사랑들과 약속을 곱씹고
회상하느라 얼마나 외로우실까!
어떤 마음이실까? 그리움들로
얼마나 고통스럽고 힘드실까!

아버지의 표정을 헤아리는 것조차
가슴이 미어지고 눈물만 난다

이제는
나 혼자 남아 두 분을 만나러 번갈아 간다

철부지 불효자는 아무것도 드릴 게 없어서
눈물 보따리 선물만 양손 한가득 안고서

먼 훗날
내 자녀들이 내 모습들을 노래하겠지!

험난한 세월의 풍파 속에서 부모님을 바라보며
눈물 많이 흘린 나를!

종달새

잿빛 하늘 사이로
종달새 두 마리가 왈츠를 춘다

금세, 바람과 함께 하늘은
시꺼먼 구름을 몰고 오더니
쭈르르 쭈르르 가느다란 빗줄기를
거리에 채운다

어느새, 종달새는 흔적도 없이 보이지 않고
쓸쓸한 거리에는 어둠만이 깔려 있다

예전에는 미처 몰랐었다

엄마 아빠 사진 앞에 요일 별로 꽃들을 바친다
엄마의 포근한 향기와 아빠의 상큼한 향기가
이토록 진할 줄은 예전에는 미처 몰랐었다

어떤 날은 카네이션
또 어떤 날은 하얀 국화
또 어떤 날들은 노란 민들레 꽃

이 세상 무엇과도 비교할 수 없는 아름답고
소중한 나의 엄마 아빠임을

소중한 두 분의 부재와 초라한 자의 실존이
원망스러워서 그 길을 따라가고 싶을 만큼

이토록 가슴 깊이 못이 박힐 줄은
예전에는 미처 몰랐었다

딱 한 번 만이라도
단 일 분만이라도
다시 만날 수만 있다면
여한이 없겠다

게으름뱅이가 되신 아빠!

아빠~ 아빠~ 아빠!

오늘도 누워만 계실 건가요? 어서 일어나세요!

어린 저를 두고 갑자기 왜 그러세요?

아빠는 아파서는 안 되잖아요!
아빠는 아플 수도 없잖아요!

왜 갑자기
아빠가 게으름뱅이가 되었을까요?

알게 해 주세요!

보물찾기

엄마의 빈자리로 인하여
오늘도 방황하며
울음바다에 둥둥 떠 다니고 있습니다

나는 이제
어떻게 살아야 하나요?

아빠의 빈자리로 인하여
오늘도 슬퍼하며
울음바다 속 깊이 들어가 있습니다

도대체 나더러 엄마 아빠 없이 혼자
어떻게 살라고
무서운 이곳에 나를 들여다 놓으셨나요!

아무것도 할 수가 없는 바닷속에서
보물이신 두 분을 찾는 중입니다

지금 어디에 계세요?
내가 보고 싶지 않으세요?
나를 사랑하지 않으세요?

이별아 슬픔아 너와 함께!

이별아 슬픔아 괜찮다고 말하지 마!
아직 보지 못한 미래들도
언제나 너와 함께 해!
지금은 슬퍼할 거야!

이별아 슬픔아 괜찮다고 말하지 마!
언젠가 너를 만날 희망 속에 견디고 있어!
아직도 많이 슬퍼!

이별아 슬픔아
매일 너와 함께 안녕!

하늘에 계신 아버지와 직통 전화

새벽녘
아버지가 나를 부르신다
얘야~
네!

아버지의 말씀들이 이어지고
오랜만에 듣는 반가운 아버지의 음성에 숨죽여
귀를 기울이니
하늘의 신비함을 경험한다

나를 바라보시고 지키시는
하늘에 계신 아버지와 직통 전화를 한 걸까?

5

외침

나는 바보, 멍청이!

우리 집 여장부 엄마가 아플 줄은
아예 상상도 못 했었다
영원히 늘 엄마는 씩씩할 줄로만 알았었으니
나는 바보, 멍청이!

우리 집 여장부 엄마가 힘이 없어지는 것조차
아예 생각도 못 했었다
영원히 늘 엄마는 까랑까랑한 목소리와
커다란 눈망울로 호령하실 줄로만 알았었으니
나는 바보, 멍청이!

우리 집 여장부 엄마가 노인이 된다는 것도
한 번도 생각을 못 했었다
영원히 늘 자신감과 용기가 넘쳐 나서
세월조차도 거뜬히 비껴갈 줄로만 알았었으니
나는 바보, 멍청이!

우리 집 여장부 엄마가 다시
아기가 된다는 것도 있을 수가 없는 일이었다
나의 삶이 있다며 바쁘다고 핑계 대며
세월 가는 줄도 모르고 꾸물대다가

소중한 시간들을 놓쳐 버렸었으니
나는 바보, 멍청이!

가족은 운명 공동체

어린 시절,
등록금이 미납되었다고
이름이 불리고
칠판에 이름이 적혀도

경제적 어려움 때문에
다투시던 엄마, 아빠의 낯을 피해
몇 날 며칠을 풀이 죽어서 고개만 떨구던 날

속사정도 모른 채
짓궂은 남자아이는 내 등 뒤에서
놀려 대어도

일찍이 철이 든 나는
우리 가족은 운명 공동체임을 알기에
정신적 경제적인 사랑의 가치를
환산할 수가 없어서
피식 웃음이 나왔다

우리 가족은 늘 함께 웃고 함께 우는
희로애락의 운명 공동체!

우리 가족은 치료사

세상에서
무거운 짐에 의해
지치고 피곤하여 괴로울 때

삶에 꿈과 사랑을 주는
우리 가족은 치료사!

세상에서
아무런 힘이 없어지고
병들고 가난하여 배반도 당할 때

삶에 위로와 평안을 주는
우리 가족은 치료사!

세상에서
아무도 거들떠보지 않아서
서글프고 외로워서 눈물만을 흘릴 때

삶에 감사가 있도록 지켜 주고 보호해 주는
우리 가족은 치료사!

아버지 찬가

아버지께서 생전에 수없이 다니셨던
우리 동네 야채 가게 앞에서
문득 아버지 생각이 다시 난다

한평생 동안 엄마의 남편이 아닌 엄마의
친정아버지가 되신 마음으로

지극정성으로 밤낮없이 어머니를 돌보며
섬기시느라 자상하시고 고우신 성품으로

어머니가 찾으시던 야채들을 바라보며
고르고 또 고르면서 어머니를 기쁘게 하시느라
고민하셨을 그 가게 앞에서

수없이 타박과 구박을 맞으면서도
한결같은 변치않는 섬김의 자세로

한평생 동안 남편이 아닌 때로는
종의 신분처럼 당신을 낮추시고

당신보다 더 어머니의 생명을 아끼고

사랑하시며 어머니가 원하시는 모든 것들을
아낌없이 제공하고자 시간을 아껴 가며

밤낮없이 연구하고 빠른 걸음으로 걷고 뛰며
피와 땀을 흘리시며 최선을 다하셨으니

아버지가 다니셨던 거리의 골목마다 상점마다
아버지의 깊은 사랑의 발자취가 묻어 있어서

나의 아버지를 다시 크게 부르고 찾으며
나도 모르게 가던 길을 멈춰 서서
또 다시 그리움의 눈물을 흘린다

감사하지 않나!

잠시나마 내 곁에서 머물러 준 것이
감사하지 않나!

금방 터질 것만 같은 무지갯빛 풍선 앞에
잠시나마 내가 설레었던 것이
감사하지 않나!

금방 사라질 꿈같은 목표라도
잠시나마 꾼 것이 기적이고
감사하지 않나!

금방 꺼질 것같이 아슬아슬한 불꽃 같은
인생이라도 지금까지 살아 있어서
감사하지 않나!

엄마학교, 아빠학교

엄마학교 교장 선생님!
그리고
아빠학교 교장 선생님!

오늘도 질문이 있어요!

엄마학생과 아빠학생은 오늘도 결석이신가요?

제발,
우리 엄마 이름과 아빠 이름을
크게 불러 주세요!

그 어디에 계시든 '네' 하고
대답하시면서 나타나시게

엄마, 뭐 하세요? 어디 계세요?

엄마, 엄마?
아직도 안 일어나신 거예요?
뭐 하세요? 왜 대답이 없어요?

제 목소리가 안 들리세요?
얼마나 더 불러야 대답을 하시지요?
어디에 계시기에 왜 대답을 못 하세요?

하루에도 몇 번씩 불러도
언젠가부터 대답이 없는 엄마,
아니 대답하지 않는 그 엄마를

아무리 불러도 대답도 할 줄 모르는 나의 엄마
너만 괜찮으면 나는 괜찮다 하시던 단 한 사람
나의 엄마를 애타게 부르며 찾고 또 찾습니다

나를 떠나지 마세요 제발 내 곁에 있어 주세요

엄마, 뭐 하세요? 도대체 어디에 계신 거예요?
오늘도 나의 엄마가 어디에서 뭐 하시는지
알려 주세요!

오매불망 손주 사랑

재롱둥이 손주들을 안고 입맞춤하기 위해
먼 길을 마다하지 않고 제일 먼저 한걸음에
달려오셨던 오매불망 손주들 사랑이 넘치셨던
나의 아버지 그리고 어머니!

이 세상에서 가장 기쁘고 행복한 눈길로
바라보시며 손주들을 위하여 이 세상의 모든
좋은 것들을 동원하시고자 애써 주신 오매불망
손주들 사랑꾼 나의 아버지 그리고 어머니!

그 손주들 사랑과 자랑으로
시름 많은 이 세상에서
잠시의 쉼을 누리셨었기를!

천국의 사람이여!

보잘것없이 벌거벗은 채
이 땅에 던져 진 어린 생명에게
공평하지 않은 이 세상에서
처참하지 않도록 따뜻한 사랑으로
다가와서 포근하게 안아 주신
천국의 사람이여!

그대 이름은 나의 부모님!

아무것도 흠모할 것 없는
버림받고 짓밟힌 어린 생명에게
영원하지 않는 이 세상에서
비참하지 않도록 아낌없는 사랑으로
모든 것을 조건 없이 내어 주신
천국의 사람이여!

그대 이름은 나의 부모님!

모든 고난들을 죄인인 나를 위해 당하시고
목숨 걸고 사랑하신 그 결정에
갚을 길 없어서 한없는 눈물의 후회와

날마다 더 깊어 가는 그리움들로
속죄하며 살아갑니다

잘못했습니다
죄송합니다
용서해 주세요
일평생 무한 감사합니다

편견의 벽

너와 내가 다른 것이 이상하지 않은데
너만 옳다고 주장하니
그것은 네가 만든 이상한 세상 속
편견의 벽

내가 너일 수 없는 것이 정상인데
내게 너처럼 하라고 강요하는 것은
나를 차별하는 네가 만든
편견의 벽

다시 일어서기!

잃어버린 나의 사소한 일상들을 다시
찾고자 시도하며 발버둥 치는 것은
나의 삶을 다시 일으켜 세우는 것!

잃어버린 나의 소중한 시간들을
다시 기억해 내어 떠나지 않게 붙잡고
조목 조목 야무지게 알리는 것도
나를 다시 일어서게 하는 것!

무겁지 않게 그리고 가볍지 않게!

다시 일어서기!

가난이라는 놈 물리치기

나도 잘 모르는 가난이라는 놈이 언젠가부터
나를 짝사랑하듯이 따라다닌다

잘 알지도 못하는 놈이 내 주변을 맴돌면서
어느 새 세월 따라 지금까지 왔다

그놈을 단 한 번도 좋아해 본 적이 없기에
퇴치할 길을 찾는다

가난이라는 놈! 당장 물러가라!

그놈의 짝사랑은
이제 그만 안녕!

비웃음

가식적인 자랑과 교만의 표현으로 외형을
포장하고 사실과 다른 상상과 거짓들로 과시한
비웃음들이 협박으로 배달되어 왔다

헛웃음과 불쾌감이 넘쳐도
그러한 빈껍데기 내용을 주문한 적이
결코 없기에 발신처로 반품 처리 된다는
세상의 진리는 영원하다

아낌없이 주었던 사랑이 비웃음으로
돌아오다니!

장애를 디딤돌 삼아

아버지의 부재로 인하여
어린 나이에 가난과 가장의 무거운 짐을 지고

가난이라는 장애를 디딤돌로 삼아
주경야독의 외로운 삶 가운데

어디서나 모범생 우등생이 되시더니 법 없이도
사시며 평생 동안 세상 사람을 바르게 일깨워

멋진 삶의 주인공이 되시고 꿈을 이루신
이 세상에 단 한 사람 나의 아빠!

수많은 형제들 중에
유독 어린 나이에 지체 장애의 서러움을 안고

사람들의 놀림과 비웃음을 일상의 대화로 여겨
눈물 가득한 한평생의 아픔들을 가슴에 삭히며

인기 많은 당당한 워킹맘이자 여장부로서
헬렌 켈러의 스승 설리반처럼 훌륭한 큰
일들을 이루어 내신 위대한 나의 엄마!

각자의 장애를 디딤돌로 삼아
세상과 소통하며 희망의 불씨를 날리고
세상을 이끌어 지도자가 되신 선구자 두 분!

무에서 유로 그리고 평범에서 비범한 삶을
만드신 특별하신 나의 아빠와 나의 엄마!

고난을 겪지 않고는
위대한 업적을 이루는 축복도 없기에
고난이 유익이었노라!

여성, 그리고 어머니의 힘

오래전 과거 해가 뜨는 이른 아침부터
여성으로서 그리고 어머니로서 자손을 섬기며
오롯이 살아 내어
새로운 역사를 만든 능력자!

언제나 기대되고 그리운 따뜻한 말과 행동의
선택을 여성 그리고 어머니의 대단한
결단력으로 이루어 냈으니 그 힘의 가치는
가업의 역사를 계속 이어지게 한다!

이 시대에도 해가 질 때까지
여성으로서 그리고 어머니로서 살아가는
무한한 힘을 가진 초능력자!

나의 어머니처럼

6

안녕, 내 사랑!

그리움

인내하는 것도 한도가 있지 않나!

사랑하는 가족을 위해
그리움 속에 온갖 갖은 고난의 시간들도
피눈물로 참아 낸다

잠시의 이별도 깊은 눈물의 그리움으로 남건만
영원한 이별은 숨이 끊어질 정도로
나를 너무나 아프게 한다

비 온 뒤 잠시 드러낸 오색 무지개도
예쁘지 않고 저녁마다 나타나는 석양도
곱지 않다

어디를 가든지 무엇을 하든지
금방 퍼부어 쏟아질 소나기처럼
그리움의 눈물 가득 안고서 길을 걸으며

그곳에서는 안녕하시는지
눈물을 닦으며
그저 안부만 묻는다

무서운 폭풍우 후 밝은 빛이

새까맣게 검은 밤,
폭풍우의 무서움을 바라보며
잠시 마음이 흔들렸었다

돌아가신 두 분이 너무나 그리워서

폭풍우가 지나간 지금
다시 하늘이 개고
내 마음이 제자리를 잡고 한결 잠잠해졌다

어두움 후에 빛이 오는 것은 진리

다시 부르는 그 이름 앞에서 I

아버지 굿모닝 하고 아침 인사를 하던 시간이
행복인 것을

아버지와 함께 찬송을 부르며 희망을 가지던
시간이 행복인 것을

아버지와 마주 앉아 기도를 하며 식사를
나누던 시간이 행복인 것을

아버지와 함께 산책을 하며 같은 공기를
마시던 시간이 행복인 것을

아버지를 모시고 마트에서 생필품을 담던
시간이 행복인 것을

앙상해진 아버지의 다리를 주무르고 따뜻한
타올로 발을 닦아 드리던 시간이 행복인 것을

아버지의 대소변을 자주 치워 드리고 매일
이불 빨래를 하던 시간이 행복인 것을

아버지의 얼굴과 손을 따뜻한 물로 깨끗이
닦아 드리고 이를 깨끗이 닦아 드리던 시간이
행복인 것을

아버지의 손톱 발톱을 깎아 드릴 때가
행복인 것을

아버지께서 즐겨 드시던 것을 아버지 입안에
한 번이라도 더 드리려던 시간이 행복인 것을

다시 부르는 그 이름 앞에서 Ⅱ

맛있는 반찬들을 아버지 숟가락에 소복이
올려놓고 아버지께서 직접 드시도록 하던 시간이
행복인 것을

아버지의 아침 점심 저녁 약들을 세어 가며
꼼꼼히 살펴서 물과 함께 입안에 넣어 드리던
시간이 행복인 것을

아버지의 병든 몸을 씻기고 옷을 갈아입히며
따뜻하게 눕히던 시간이 행복인 것을

하나 둘 셋 구령에 맞추어 아버지의 신체
활동을 하던 시간이 행복인 것을

아버지의 훌륭하신 업적들을 자주 회상시켜
드리던 시간이 행복인 것을

아버지의 말동무가 되어서 환하게 웃으시던
모습을 보던 시간이 행복인 것을

아버지를 조심히 휠체어에 앉혀서 차에 태워서

병원에 모시고 오가며
맛있는 음식들을 먹던 시간이 행복인 것을

아버지의 앙상해진 손을 꼭 잡고 있을 때가
행복인 것을

아버지의 등을 밤낮으로 시원하게 긁어 드리고
기뻐하시던 모습을 보던 시간이 행복인 것을

아버지와 함께 기도 제목들을 매일 보며
기도하던 그 시간이 행복인 것을

다시 부르는 그 이름 앞에서 Ⅲ

아버지와 함께 괴롭고 힘든 시간들을
울며 잘 견뎌 낸 시간이 행복인 것을

아버지의 호흡 곤란이 염려가 되어 밤낮으로
자주 확인하던 시간이 행복인 것을

아버지를 살려 달라고 병실 복도에서
가슴을 쥐어짜며 병원이 떠나갈 듯
울부짖던 시간이 행복인 것을

보살펴 줘서 고맙다 하시며 딸이 최고라고
하시던 모습을 볼 때가 행복인 것을

아버지께서 일평생 동안 우리 가족을 위해
희생과 헌신만을 하신 모든 시간들 때문에
현재 우리가 누리는 것들이 행복인 것을

두 손을 꼭 모으시고는 오래오래 살라고
당부하시며 눈물을 흘리시던 아버지를
바라보던 시간이 행복인 것을

오로지 자식과 손주들을 위하여 목숨이
끊어질 때까지 꼭 필요한 말씀들을 하시며
사랑과 축복만을 해 주신 것에
감사와 존경을 드리며

다시 부르는 그 이름 앞에서

목 놓아 울음만 바칩니다

마지막 인사 I

조금 전, 이곳에 누워 계셨던 소중한
하나뿐인 내 아버지가 안 보이십니다

어디로 가셨는지요?
잔기침 소리도 안 들립니다

구부러진 허리와 힘이 없어서
잘 걷지도 못하시던 분이 혼자서 아무 곳이나
맘대로 이동도 못 하시는데 말입니다

갑자기 무슨 일이 생기신 건 아니지요?
놀라서 의아해하는 나에게 누구라도
어떤 말씀이나 대답을 좀 해 주세요!

마지막 인사 Ⅱ

불편한 데는 없으세요?
오늘 컨디션은 어떠세요?
드시고 싶은 거는 뭐예요?
오늘도 건강 조심하시고 힘내어요!

늘 일상대로 아버지를 돌보며 매일처럼
오늘도 입을 열려니 갑자기 무슨 일인지
지금 내 입이 고장이 나서 아무 소리도
못 내고 있습니다

내 몸이 이전처럼 움직이지도 않고 이전처럼
안부도 묻지 않고 있으니
제가 병이 나도 단단히 중병에 걸린 거지요?
아파서 아무것도 못 하는 거 맞지요?

오열하는 내 목소리가 들리지 않으세요?
통곡하다가 눈의 실핏줄이 터졌는데 못나 버린
제 얼굴이 보고 싶지 않으신 건지요!

아버지는 예전처럼 변함없이 여전히
건재하신데 말입니다

마지막 인사 Ⅲ

이별은 한순간에 예고도 없이 불쑥 잔인하게
다가와 작별 인사조차 제대로 못 하게
만들었으니 너무나 가혹합니다

아무것도 잘해 드린 것이 없어서 아직도
목매어 울부짖는 한 맺힌 불효자를 어이하여
홀로 남겨 두시고서 발길이 떨어지십니까?

조건 없이 모든 것을 다 바쳐서 헌신하시고
내어 주신 피 흘림의 십자가 그 사랑을
가슴 깊이 사무치게
눈물로 그리워하며 살겠습니다

오늘도 너무나 보고 싶습니다
날마다 더 보고 싶습니다

저를 위해 이 세상에 먼저 오셔서 옥토의 길을
여시고 다시 천국으로 환송되시기까지
삶의 모진 온갖 고초를 겪으신 모습들을 생생히
기억하며 가슴을 쓸어안고 머리 숙여 존경하며
겸손히 살겠습니다

친구, 내 친구

창가에 쓸쓸히 앉아서
친구, 내 친구 어이 이별할고나!
친구, 내 친구 잊지 마세요!

눈물로 즐겨 부르시던 그 멜로디와 그 모습이
오늘도 집 안을 가득 메워서 구슬프게 눈물
짓게 만들고

임시 숙소로 정하신 곳에서
오매불망 고향 복귀를 소망하셨던
부모님의 꿈이 활짝 열리는 날!

친구, 내 친구 잊지 않고 내 상처를 치유해
주니 영원한 나의 기쁨일세!

환호하실 두 분을 그린다
믿음으로 보며

아버지의 따뜻한 손길들 I

매일 새벽마다 차가운 공기와 맞서 옷깃을
여미시고 누가 볼 세라 홀로 오롯이 학교
운동장 구석구석 먼지며 휴지를 주우시고
전체 건물들을 깨끗하게 관리하시던 아버지!

오동나무와 동백나무등도 날마다 다듬느라
그 녀석들도 아버지의 따뜻한 사랑을 듬뿍
받으며 해마다 건강하게 자라났습니다

꼭 필요하고 중요한 정겨운 훈화 말씀은
기본이고 머무는 곳의 환경개선을 위하여 직접
보수 및 페인트칠도 하시느라 아버지 옷은
평생 늘 허름하고 단벌 신사여서 철두철미한
근검절약 정신을 몸소 보여 주신 아버지!

수십 년간 언제 들어도 또다시 듣고 싶은
훌륭하신 말씀들과 겸손한 모습은 언제나
한결같아서 늘 그립기만 한 존경하는
나의 아버지!

지적이고 단정한 모습에 우리가 알지 못하는 지나가는

사람들이 언제나 아버지 앞에 고개를
숙여 존경의 인사를 한 것은 높임만을 받으실
사회적 큰 어르신으로 아버지의 따뜻하신
사랑의 삶과 섬김의 손길들을 기억하신 것으로

아버지께서는 모든 역경들을 이겨 내시고
큰 귀감이 되시는 위대한 업적들을 남기셨습니다

존경하는 자랑스러운 아버지!
부디 저를 위한 모든 근심 걱정 내려놓으시고
그곳에서는 영원한 안식을 누리소서!

아버지의 따뜻한 손길들 II

나의 인생의 스승이신 훌륭하신 자랑스런
아버지를 높입니다

시간이 흐를수록 아버지의 정성스런 손길과
다정한 말씀들이 너무나 그리운 날입니다

아버지! 사랑합니다!
아버지의 크신 사랑을 많은 이들이 받았습니다

온유한 말씀과 자상하시고 겸손하신 목소리!
그리고 인내의 따뜻한 손길과 모습들!

무엇보다도 진실된 따뜻한 아버지의 마음을
따를 자가 아무도 없어서
힘없는 이들이 그 사랑을 많이 받았으며
그러한 성품을 아무도 흉내 낼 수조차 없었으니
아버지의 향기가 담장을 넘어
소문이 난 것이었습니다

아버지의 따뜻한 손길들이 너무나 그립습니다
죽도록 보고 싶습니다

오래 오랫동안 기억되실 겁니다

존경하며 사랑합니다

감사합니다

부모님 전상서

어머니 출생부터 10대 20대 30대 40대 50대
60대 70대 80대 90세 돌아가시기 전까지

육체적 장애를 스스로 맞서 극복하시고 믿음 속
세상의 리더가 되신 여성 중에 최고로
멋지시고 매력이 넘치시며 언제 어디서나
아름다움과 자신감이 넘치신 여장부로서의
삶을 사셨습니다

그리고

아버지 출생부터 10대 20대 30대 40대 50대
60대 70대 80대 90대 돌아가시기 전까지

극심한 가난의 굴곡들과 맞서 승리하셔서
세상의 지도자가 되시고 최고의 자상한 가장이
되어 이 세상 남자들 중에서 최고의
롤 모델이신 존경만을 받으실 멋진 남자
대장부이신 아버지의 삶을 사셨습니다

두 분께서 이 세상에 오심도 최고의 큰 값진

선물이고 축복이며 거기다가 단 한 번뿐인 삶을
둘도 없는 영원한 멋진 친구로 서로를 섬기며
사시면서 수많은 제자들을 위하여 지도와
양육을 하시고 훈계하시며 존경을 받으셨으니
훌륭하신 업적들과 발자취들을 높입니다

훌륭하신 두 분을 자랑합니다

부디 천국에서도 변함없이 좋은 친구가 되어
저희들을 잘 돌보아 주시길 간절히 바랍니다

그곳에서는 못다 한 원하시는 뜻 다 이루소서!

내 사랑 엄마!

하루라도 더 엄마 곁에 함께 있고 싶어서
점점 쇠약해져 가는 모습들을 안타깝게 여기며
나의 모든 사랑을 모아 눈물로 애타게
부르짖으며 포옹하던 엄마와의 여러 날들!

엄마의 눈, 코, 입, 얼굴과 팔과 다리 머리카락
하나까지 엄마의 모든 삶의 시간들이 너무나
소중하고 예쁘다는 뒤늦은 못다 한 고백들도
하며 더 자주 함께하지 못한 시간들을 깊이
후회하며 눈물로 한숨짓고 자책하는 날들에

나를 위한 용기 있는 사랑스런 삶의 순간들의
결정들과 너무나 그리운 엄마의 말씀
한마디 한마디가 기억나서 눈물만 흐르니 엄마의
사랑의 향기가 내 가슴을 거쳐 밖으로 흐른다

내 사랑, 너무나 보고 싶은 나의 엄마!
그 사랑들을 눈을 감을 때까지 나 어이 잊으리!

아버지와 군고구마

포실포실하고 달콤한 군고구마를 좋아하셔서
아버지께서 즐겨 드시던 군고구마!

뜨거운 여름날에도 살얼음이 돋는
겨울날들처럼 군고구마에 깃들인 추억들까지
더하여 아버지의 따끈따끈한 군고구마
사랑은 뜨겁다

우리 동네 군고구마 가게 앞을 지나니
구수한 고구마 향이 아버지의 모습과 덕담처럼
오늘도 정겹게 모락모락 피어난다

꿈을 이루신 천국 시민권자들
나의 부모님을 추모하며

ⓒ 김지수, 2023

초판 1쇄 발행 2023년 11월 8일

지은이   김지수
펴낸이   이기봉
편집   좋은땅 편집팀
펴낸곳   도서출판 좋은땅
주소   서울특별시 마포구 양화로12길 26 지월드빌딩 (서교동 395-7)
전화   02)374-8616~7
팩스   02)374-8614
이메일   gworldbook@naver.com
홈페이지   www.g-world.co.kr

ISBN   979-11-388-2459-0 (03810)